KB123010

고마워

당신과 나를 위한 주문

#봄

방문

. . .

어쭈!
이게…

내말이
말같지
안능아?

손님인데,
참아~
씩씩
...

형!
미안해~

근데, 형밖에
떠오르는 사람이
없더라구!
허,
거…
참!

나도
지금 얘가
둘이라…

한달 뒤엔
꼭 데려가도록
할게!!
염치
없지만…
부탁좀
드릴게요~~

한달 뒤엔 꼭 데려가는 거다!
형, 고마워~
왜... 왜 이래?

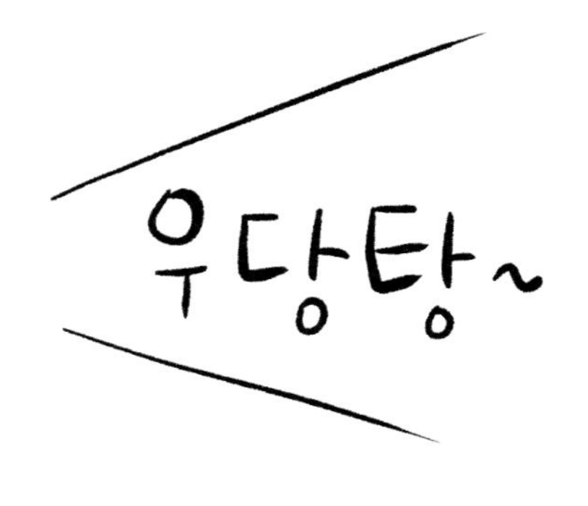
우당탕~

무슨 일이야?

샘! 네가
어떻게 된건지
얘기해봐

형아랑 누나랑
사이좋게
지내야해!

그렇게 녀석은 우리 집의
한 달짜리 시한부 가족이
되었다.

남다른 아이

흠! 이름도 구려…
하이~
토리가 제일 막내니깐… 샘이랑 야미가 잘 챙겨 주도록 해!

피~
자, 그럼…
사이좋게
놀아~

응?

너도
이리와서
놀아~
. . .

쟈주뼛
쟈주뼛

끼잉끼잉
하하! 바보~
그것도
못올라가고…

저리
비켜봐 ~

얍!

타
닥
메롱~
씨~

바둥
바둥

...
쿵

그랬다!
토리는 팔다리가 짧아서
운동능력이 떨어졌다.

욕망

나도
할래~

할 줄도
모르는 게…

또르르 ~

깔깔 깔깔 깔깔~

껴줘~

와~

고기다!!

게다가 녀석은 …
식탐까지 있었다.

누가
먹지 말랬음?

뻔히…

고기 더
없어요?
자,
여기!

다행히 두 녀석은
먹는 걸로 더 이상 동생을
구박하거나 하진 않았다.

여름

새로운 질서

툭!

아, 왜?

놀아줘~
까딱
까딱
가서,
형, 누나랑
놀아~
걔들은
...

유치해…
수준이
안맞아~

뒹 구르르~
그렇게
생각하지?

...
간다~

미끈~
앗!

꽈당!

깔깔~
ㅋ~

와구
와구

아빠!
수박 더 줘~
엥?
누가,
네 아빠야?

놀아주고,
맛있는 거 주는 사람이
아빠랬어!
책에서
봤어~

헐~
왜…?

손님

뭐?
아파~

어떻게
된 거야?

놀다… 살짝
밀쳤을 뿐인데…

동물 병원
음…

관절염 입니다!
네?

저렇게
어린아이에게
관절염이라뇨?
일종의
유전성 질환
입니다!
모르...
셨어요?

이미 그래
진행되었고, 아이가
상당히 고통스러워
했을거 같은데…

…

절뚝
절뚝

야,
너 어디
아파?

아,
아냐!
괜찮아 ~

진짜
괜찮은 거지?

끄덕

끄덕

왜,
말 안했어?
뭘?

"아프다고 하면
여기서도 버림받을까 봐 …"

선물

다 얘기하면
안받아줄 거
같아서…
아무리 그래도
그렇지! 어떻게
그런걸 감춰?
…

들어올
계획은
있고?

휴우

이국땅에서
적응하는게
생각만큼
쉽진 않네.
...

... 그래
애한테
전화라도
가끔해라~
......

택배요~
?
아빠가
보낸 거네~
...

와!
토리는
좋겠다!
토리가 좋아하는
것들로만 잔뜩
보냈네~

와~
...

이건 내가
좋아하는 거다!
건드리지
마~
다,
내꺼야!

와!
진짜
어이가 없네!
아빠!
뭐라고 말좀~
도리
도리

?
...
와구
와구~

뚝
뚝
다시 만나려면
시간이 좀 더 걸릴 것
같아. 우리 토리
씩씩하게 기다릴 수
있지?
- 아빠가

흐엉엉엉~

가을

뜻박의 재능

벌
떡
누가 아팠어?
척
척!

덩실
덩실~
저 바보…
…
안 아픈거 알았으니까, 고만해~~
다행히 약은 잘 듣는 것 같았다.

멈칫!
두리번
두리번

후익~
툭!
엇!
저... 저...

할아버지~
왜, 남의 집으로 자꾸 음식물 쓰레기를 버려요?
...

바…
밭이잖어~
냄새나고
벌레 끓잖아요~

썩어…
거름돼~
하,
나 참
…
거름 필요없으니깐
버리지
마시라고요~
한번만 더
그러시면…

덥석

왜?
절레
절레

아파!

할아버지는 치매였다.
녀석은 어떻게 한눈에
알아본 것일까?

이웃들

밭둑에 풀이
징글징글혀~
참,
이거~

웬,
감이에요?

단감이 제법
맛이 들었어~
세째 멕여!
어?
우리집 막내를
아세요?
그럼~

나랑
동무먹기로
했는걸~

아니!
나이 차이가
몇개인데...

하~ 이 양반,
보기보다 구식
사람이네~
동무삼는데
나이가 무슨 상관?
그게 어디떻게
된거냐면…?

에구구~
다리, 허리야!

할매는 왜
아파요?
관절염
…
젊을 때
많이 써서…
뼈 마디가
쑤시니,
글치…

난… 많이
쓰지도 않았는데,
뼈가 삭셔요
관절염
이래요~
어린 녀석이
무슨 관절염
타령이야?

어, 관절염
맞는데…
병원에서
분명 그랬다고요~
엥!
그래?
그럼, 우리는
이제부터… 관절염
동무네~

동무된 기념으로
이거 드실래요?
먹던 거긴
하지만...
그렇게
된 거라우~
하하하!

쾅 쾅
?
이거,
세재에게~!
나도!!
나돈데
...
녀석은 동무가 많았다.

검은 손님

?

토리야?
드륵

여··
여기~
무…
무슨 일이야?
헐떡
헐떡
나,
나… 수…
숨을 못…
쉬겠어…

음....
동물 병원

심장병입니다! 유전적 요인이 있고 근본적인 치료는 어렵습니다.

일단, 응급처치는 했으니... 호흡은 좀 편해졌지만 ...
주기적으로 복강에 물이 차오를거예요!

…

그럼, 그때마다
오늘처럼 병원에 와서
흉수를 빼내야
하는 건가요?

네!
처치중에 쇼크가
올수도 있지만
…
킁!
현재로선
그게 최선
입니다!

....
혹시,
알고 있었니?
...

형!
미안해…

그게 지금
할 소리니?
…

그리고, 토리엄마
집나간지 좀 됐어!
...

어쩌다...
통화가 돼서
...

아이에게
너무 무책임한 것
아니냐 했더니…
엄마는
죽었다고 하래
뭐…
뭐라고!
엄마가 죽었다고
하라니… 둘 다
제정신인 거야?
쟁그랑~

토리야
....

엄마는 죽었다 …

겨울

두절

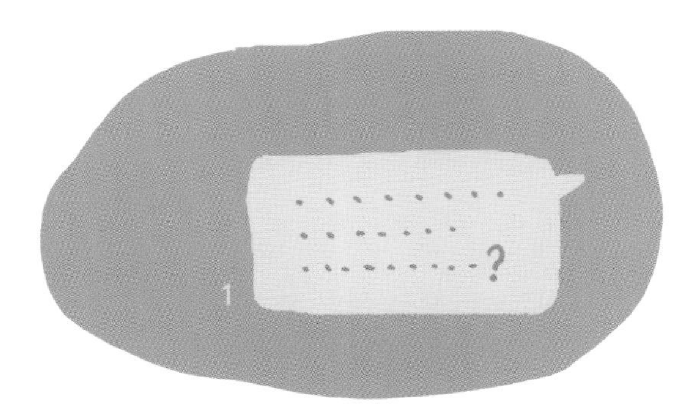

메시지 확인이 늦어진다 싶더니 …

끝내,
전화도 받지
않게 되었다.

#%&ㅃ
*+@#&
너, 이녀석!
아픈 애한테
왜 그래?
버럭

으아아앙~

저녀석 온 뒤로
아빠는 저녀석만
...
챙기고, 감싸고
편들어주고 ...
우린 뭐냐고~~
...

그래,
아빠가
잘못했어!

샘!
너도
이리와~

아빠가
많이 미안해!

와,
눈이다~
어느새 겨울이 왔다

하지만
...
올해는
어느 해보다 추운
겨울이 될 것 같다

그렇다고
움츠려있으면
더 춥겠지 …
우리, 간만에
눈싸움할까?

눈이…
쌓이지도
않았는데…
그러게나
말입니다!

그 눈 말고...
이 눈!
지잉!
하하하~

후배녀석은 …
여전히 아무런
연락이 없다
. . .

톡
톡

아빠도 죽었다.
다시는 연락하지마!
1

시간

병원을 찾는
횟수가 잦아졌다.
동물 병원
음…

흉수가 차오르는 속도가 빨라지고 있어요~
지금까진 비교적 잘 버텨왔지만, 앞으로는 더 힘든 시간이 될거예요!
…

얼마나 더 버틸 수 있을까요?

...
아무래도 마음의 준비는 해두시는 게…

춥지
않아?
괜찮아
...

아빠 등이…
따뜻해!
그… 그건
네가 무거워서
그래…
땀나고
덥네!
…

아빠!
응?
나, 이 병 나을 수 있을까?

멈칫!

그럼~!
꼭 나을 수 있을 거야!!
그랬으면 좋겠다~
내가 꼭 그렇게 만들거야~
꼬옥

예전엔 몰랐는데, 요즘은 따뜻한게 좋다 ~
아빠 등도 따뜻해서 참 좋아!
...
그래서 말인데, 봄이 빨리 왔으면 좋겠어.

내년 봄은 진짜 진짜 빨리 올거고 ...
봄이 오기 전에 네 병은 꼭 나을거야!

정말로 봄은
빨리 왔다.

다행히 아이들은
더 이상 싸우지 않았다

고마워

누가
너 좋대?

좋으니깐
이렇게 … 늘
옆에 붙어있지!

흠!
그… 그런가?

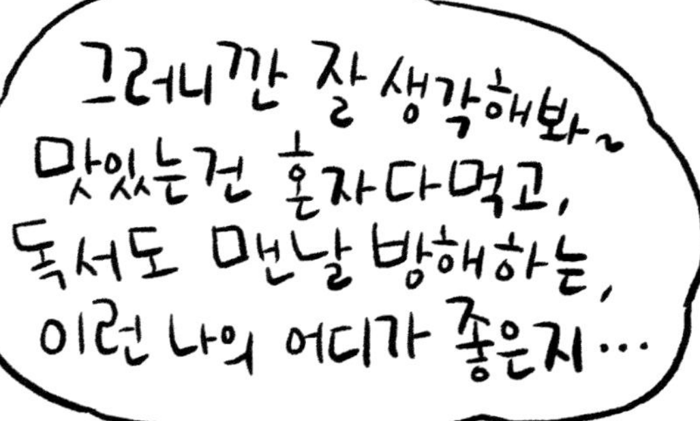
그러니깐 잘 생각해봐~
맛있는건 혼자다먹고,
독서도 맨날 방해하는,
이런 나의 어디가 좋은지…

음… 굳이
말하자면
…

너의
그런 넉살?
하하…
난, 아빠의
모두가 좋아…
그리고
…

고마워!
응?

뭐가
…?

와!
눈 온다~~

토리야!
잠깐 나와 보렴~
?

이...
이게 뭐야?

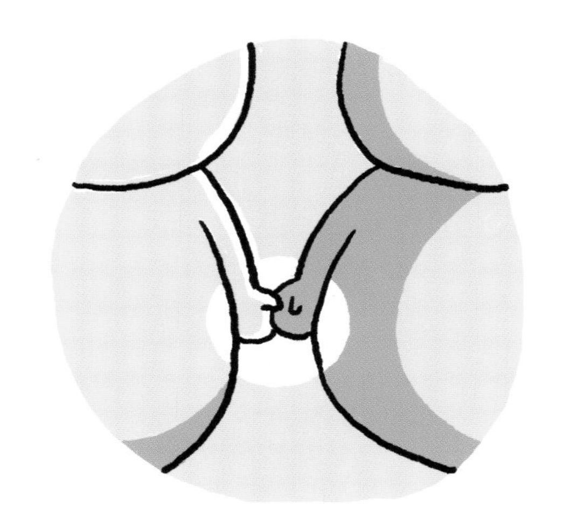

우리
가족!
...

. . .

나... 하고
싶은게 있어~

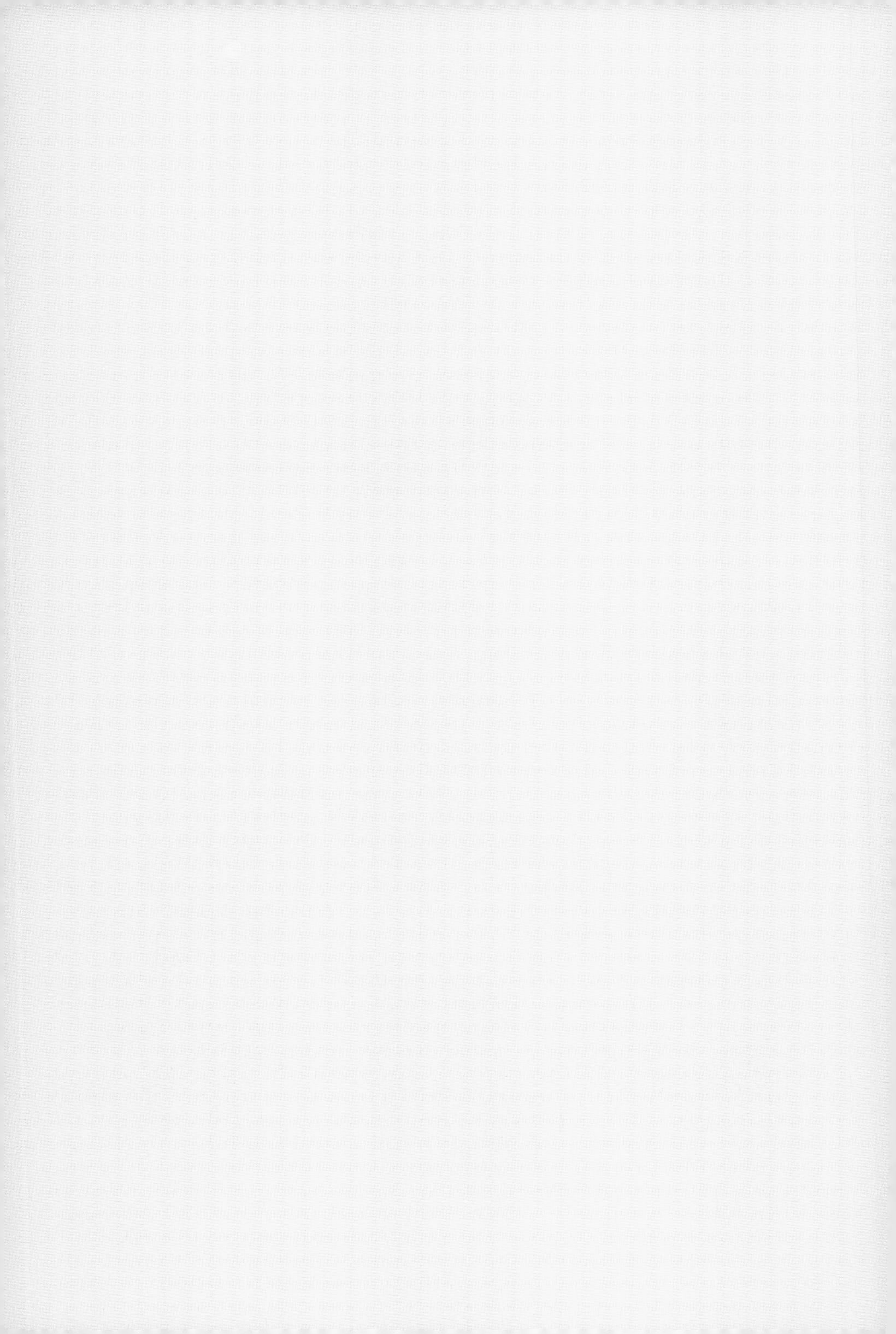

다시... 봄

봄봄

어느새 …

봄이 왔다!

이제 곧 …
내 병도 낫겠다

새봄 기념으로
전이라도
부쳐볼까?
마트에
다녀와야겠다!
우리도
갈래요~
니들은
...

같이 가서
맛난거 많이
사오세요~
그…
그럴까?

…

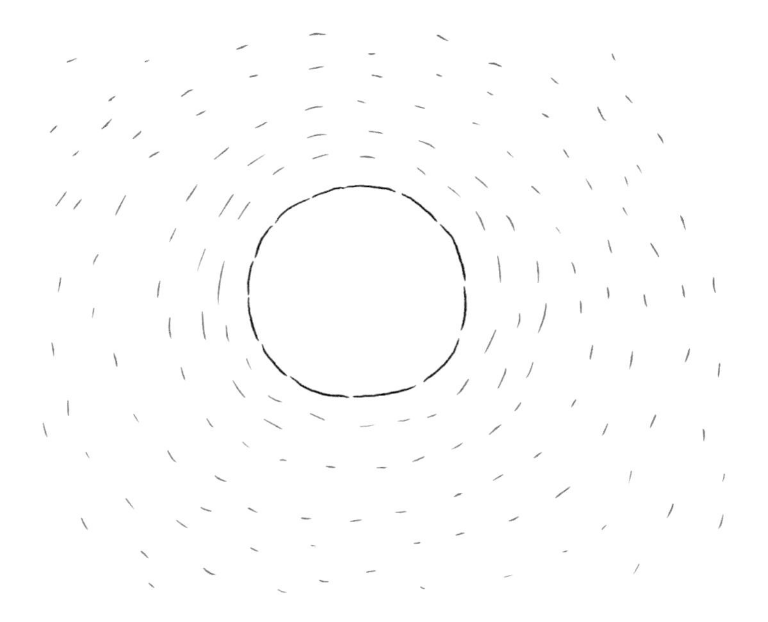

토리야~

나, 하고 싶은게 있어.
가족사진 한장
찍고 싶어~
보리
보리

토리야!

우리에게
와줘서 …

고마워~!

작가 후기

고양이들을 좀 더 잘 모셔보겠다고
이사한 시골집에서 둘을 떠나보냈다.

슬픔을 감추기 위해 사람이 많은 곳으로 나는 숨고 싶었다.
아파트로 이사했다. 낯선 공간에 적응하나 싶었는데,
한 달이 조금 넘어 갑작스레, 마지막 남은 녀석마저 하늘나라로 갔다.

도피처로 선택한 공간이 더 깊은 슬픔을 추억하는 기념관이 되어버렸다.
사진을 들춰보는 시간이 많아졌다. 녀석들과의 지난 추억이 새록새록 떠올랐다.
슬픔의 우물에서 나를 건져 올리기 위해, 그림을 그리기 시작했다.

그림이 한장 한장 쌓이면서 수시로 찾아들던 울컥증이 잦아들었다.
신기한 일이었다. 이제는 그만 보내줘야겠단 생각이 들던 어느 밤,
녀석들이 찾아왔다.

야옹!
꿈 같기도 하고, 현실같기도 한 기적에 잠시 주위를 두리번대다 말을 건넸다.
안녕! 나, 잘 살게! 너희들도 잘 지내길~

어느새 녀석들의 자취는 간 데 없고,
답을 하듯 창문 밖 가로등 불빛이 깜박거렸다.

당신과 나를 위한 주문

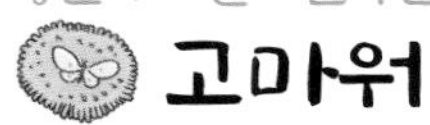

고마워

1판 1쇄 인쇄 2023년 8월 2일
1판 1쇄 발행 2023년 8월 8일

글·그림 빵가루
펴낸이 우지형
기획 곽동언

인쇄 하정문화사
제본 영글문화사
후가공 (주)금성엘엔에스
디자인 redkoplus

펴낸곳 나무한그루
주소 서울시 마포구 독막로10, 성지빌딩 713호
전화 (02)333-9028 **팩스** (02)333-9038
이메일 namuhanguru@empas.com
출판등록 제313-2004-000156호

ISBN 978-89-91824-69-0 03810
값 12,000원

*이 책은 한국만화영상진흥원 2022 다양성만화제작 지원사업과
2023 만화출판지원사업의 선정작으로 한국만화영상진흥원의
지원을 받아 제작되었습니다.